Elise Bredow-Goern

Ekkehard - A poem. Nach dem Roman von Josef Victor Scheffel

Elise Bredow-Goern

Ekkehard - A poem. Nach dem Roman von Josef Victor Scheffel

ISBN/EAN: 9783744651035

Hergestellt in Europa, USA, Kanada, Australien, Japan

Cover: Foto ©Andreas Hilbeck / pixelio.de

Weitere Bücher finden Sie auf **www.hansebooks.com**

EKKEHARD

von

ADELE GRÄFIN von BREDOW-GOERNE.

NACH DEM ROMAN VON JOSEF VICTOR SCHEFFEL.

BERLIN
FR. KORTKAMPF.
1868.

Druck von Breitkopf und Härtel in Leipzig.

Auf hohem turm im schlosse, im
        engen zimmerlein
da ist ein mönch gesessen, bei mattem
        kerzenschein,
und hat das haupt gestützet wol in die
        weisze hand,
tät in die flamme blicken so trüb und un-
        verwandt.
doch schweiften die gedanken wild, ruhelos
        umher,

die eng gezognen schranken genügten ihm
nicht mehr,
wie wol er angekämpfet dawider mutig
treu,
wie wol er es erkannte mit stachel bittrer
reu.

Wie wol er hat gebetet von früh bis abend
spat,
und wol in allen dingen nur Gott zu ehren
tat:
doch ist hereingebrochen für ihn nun auch
die zeit,
die keinem noch ersparet: mit leid die
seligkeit.
das buch, das aufgeschlagen, es war das
hohe lied,
das oftmals er gelesen, doch jetzo besser
mied.

an hub er nun zu lesen, drin blätternd hin
und her,
schrieb in latein'schen versen, wovon sein
herz so schwer.

Doch ob die vers' entströmten dem hirne
und der hand,
es blieben die gedanken der herrin zuge-
wandt;
wie wol er mit den liedern sie zu verscheu-
chen dacht,
so war die liebe stärker als alle geistes-
macht.
auch aus dem hohen liede schaut ihm ein
ander bild,
das sehnsucht wol erweckte, doch nimmer
mehr gestillt:

»Ziehe du mich dir nach, du schönste und
höchste der weiber,
eine rose in dornen du zwischen den andern blühest.
nur die lilie bin ich, wild wachsend in den
gefilden.
wie tausend andre im wind auch unbeachtet
vergehen.
doch senket dein auge sich mild auf mich
armen hernieder,
so hebet es über mich selber mich auf zu
den himmeln.«

Der mann, der dies geschrieben, war Ekkehard genannt,
war wol in schwäb'schen landen als frommer
mönch bekannt;

Als frommer mönch gezogen aus seiner
stillen klaus,
als frommer mönch gekehret in seiner herrin
haus,
bis dasz der zweifel einlasz in seine brust
geschafft
und seinen stillen frieden daraus hinweg
gerafft.
drum schrieb er ohne frieden, drum stund
er ohne ihn,
und schritt in seiner zelle unmutig her und
hin.
dann kniet' er vor dem kreuze: »versuchung
nahet mir;
dasz du sie nimmst vom schwachen, drum
bittend lieg' ich hier.«

Doch von dem boden wieder stund er ohn'
friede itzt.

vom brennend heiszen fieber war seine stirn erhitzt.
da schritt er zu dem garten und fand am kühlen ort
die herrin und die diener versammelt alle dort.
doch wollt' er gehn, das scherzen in seiner gegenwart
tat wehe seinem herzen: »kommt, kommet Ekkehard!«
tönt es zu ihm herüber — da blieb er zaudernd stehn,
hört seine herrin rufen, hat sie nicht nur gesehn.

Sie sasz im fürstenschmucke, im faltigen gewand,
und zwischen dunklen haren zog sich ein gülden band,

an diesem güldnen bande sie eine rose
trug,
hin zog es seine blicke mit mächt'gem
zauberzug;
und nach der weiszen rose muszt' fort und
fort er sehn,
blieb starr im weiten kreise wie angefesselt
stehn. —
»erzählet, rief frau Hadwig, die stolze
herzogin,
die in der mitt' gesessen, mit frohem,
heiterm sinn;

»Da jeder hier im kreise erzählt, was er
gewuszt
von köngen und von helden, von schmerz
und liebeslust,
so ist an euch die reihe: erzählet« sprach
sie fest,

»und da ihr seid der letzte, so macht es
auch zu best.«
der mönch stund vor der fürstin, er mur-
melt vor sich hin,
fuhr mit der hand zur stirne, es stürmte
wild darin:
»»ja wol, erzählen will ich — wer spielt
die laute dann?««
er blickte nach der rose — und klanglos
hub er an.

»»Es war ein licht so leuchtend, das glänzt
vom berg in's tal,
es glänzt in bunten farben wie regenbogen-
stral.
es war ein dunkler falter, zum berg empor
er flog,
nach jenem hellen lichte, das machtvoll an
sich zog.

und dasz er muszt' verbrennen in seinem
    hellen schein,
er wuszt' es — und doch flog er — und —
    flog auch noch hinein.
zu asche ward der falter, vergasz des
    fliegens wol. —
amen, — es ist zu ende,«« sprach Ekke-
    hard noch hohl.

Er war hin dann geschritten, — es
fiel ein nächt'ger tau
in seine blonden locken, der nachtwind
wehte rauh.
verstört kehrt' er nach stunden zur burg-
kapelle hin,
und vor dem heil'gen kreuze lag er mit
wirrem sinn.
still war es um ihn, dunkel, nicht störend
miszton klang.

doch dieser äuszre friede nicht in sein innres
drang.
da lag er auf den stufen, die stirne auf dem
stein,
so geisterbleich zu schauen im weiszen
mondenschein.

»Ich liege hier wie Petrus, vom seesturm
wild umtobt,
nicht tragen mich die wellen, hilf, Herr, und
sei gelobt.
hilf, wie du halfest jenem, da du gebotest
ruh,
du ihm die hand gereichet: kleingläub'ger
zweifelst du?«
da rauschet es vorüber, wie langes frauen-
kleid;
an ihres gatten sarge frau Hadwig betet
heut,

es hat sie angewandelt, sie wuszte selbst
nicht wie,
den todestag zu feiern, den lang vergessen
sie.

Es hat sie überkommen, seit sie dem mönche
gram,
der ihres herzens stimme so lange nicht ver-
nahm,
der ihres wesens milde zur rechten zeit
verkannt:
drum hat die kurze schwachheit in härte
sich gewandt.
da hat seit längern zeiten den alten eh-
gemal
sie oft besucht am sarge, er lag in erz
und stal.
doch Ekkhards herz war weicher, ohn' dasz
er's selbst gewuszt,

dasz in den Hunnen schlachten er an sie
denken muszt:

Dasz als die pfeile flogen und seine lanze
brach,
sie vor ihm ist gestanden als wie an jenem
tag,
da sie das schwert herrn Burkhards ihm in
die hand gelegt
und tief sich ihre worte ihm in das herz
geprägt:
»ich wollt', ihr wärt kein priester, ihr wärt
ein kriegesknecht.«
weich sprach sie's und getönet hat es ihm
im gefecht.
doch wie er's nahm und kniete, da war er
ernst und stumm.
und weil er nichts gesprochen, so wandt'
sie stolz sich um.

Sie hat verlöscht im innern, was drinnen
immer stund,
es blieb ihr herze ruhig und ruhig auch der
mund;
und wie sie ihn erschauet itzt im vorüber-
gehn,
da mocht sie sich verbergen, sie wollt' ihn
nimmer sehn.
wie langsam ungetröstet er ging vom heil'gen
ort,
wandt' er den blick noch einmal und sah
und sah sie dort.
da eilet er zurücke, schaut sie mit festem
blick;
vor dem verstörten mönche trat sie entsetzt
zurück.

Sie stund, es faszt die rechte den steinsarg,
der umlaubt,

es wiegt die ew'ge lampe sich über ihrem
haupt.
»glückselig sind die toten, man denkt an
sie allein;
wollt ihr für mich auch beten, werd' ich
gestorben sein? —
nein, sollt nicht für mich beten, zerschlagt
den schädel mir;
braucht wieder einen pörtner vom heil'gen
Gallus ihr,
so reicht ihm den als becher und grüszt ihn
auch dabei,
trinkt auch aus dem pokale, denn er bricht
nicht entzwei.

Doch tragt dabei das stirnband und tragt
die rose drin.«
er sprach es, und die rechte preszt' er zum
herzen hin.

frau Hadwig stund entsetzet : »»ihr frevelt««
sprach sie da.
»o ja«, wehmütig sagt er's, »selbst Gott
er frevelt ja.
durch felsen ist beenget des Rheines flücht'ge
well,
doch braust er mutig weiter, glück zu freier
gesell!
Gott hat den Rhein geschaffen und Schwabens
herzogin,
und mit tonsur und kutte ein armer mönch
ich bin.«

Der herzogin ergrauset vor diesem innern
streit,
sie hat ihn nicht erwartet, nicht diese
heftigkeit.
und doch — es war vorüber — es kam,
es kam zu spät —

nichts mehr in ihr sich regte, sie ruhig
bleiben tät.
er sprach es ruhig weiter: »vergeltung ist
mir nah,
weil ich mit stolzem hohne auf menschen-
schwäche sah;
vor jahr und tag am pfingstfest, da kannt
ich nur' ein ziel,
weils da für mich gegeben noch keinen
Hohen-Twiel.*

Ich trug vom heilgen Gallus rest irdischen
gebein
im festlichen gepränge bei hellem kerzen-
schein.
da hat ein weib geworfen zu meinen füszen
sich;

---

* das schloss der herzogin von Schwaben.

»steh auf! hab ich gerufen, erheb vom
staube dich.«
doch blieb sie, sprechend: »»priester, schreit'
über mich hinfort.
mit deinem heiligtume, hilf heil'ger gnaden-
hort,
lasz dadurch mich gesunden;«« da setzt'
ich meinen fusz
auf sie und bin geschritten, als wie ein
priester musz.

Es litt die frau am herzweh, itzt liege ich
wie sie.«
mit tränenreichen augen warf er sich auf
die knie.
frau Hadwig wurde weicher, als stieg vom
kleidersaum,
das zitternd er umfaszte, es in des busens
raum.

es lacht der mönch in tränen und rief in
gellem laut:
»vereint laszt von den zinnen, wo weit in's
land man schaut,
uns mit dem tode ziehen, es ist so lockend
weich;
im tod bin ich kein priester und schling' den
arm um euch.«

Er war empor gesprungen, schlug auf das
grab so schwer:
»herr Burkhard, der hier lieget, der wehrt
mir's nimmer mehr.
und sind wir dann gestorben, vereinet
leben wir,
und tragt die ros' am stirnband, und
schlieszen tor und tür;
und lächeln ob die menschen, leichtgläubig
drauf beharrt

was immer sie erzählet vom treuen Ekkehard.
der Ermanrich, den kaiser, erschlagen
einstens hat,
da die Harlunger dieser aufhängen schmäh-
lich tat.

Und der dann ist gewandert zum Venus-
berge fort.
wo warnend er gesessen viel hundert jahre
dort:
bis zu dem jüngsten tage wollt' er da sitzen
noch.
ist aber in Sanct Gallen ein mönch geworden
doch.
und stürzte sich zu tode für eine blasse
frau.
in mitternächt'ger stunde klingt's durch den
ganzen gau.

wo er latein'sche verse ihr liest, die er ihr
schrieb,
und alle seine schmerzen sind teuer ihm
und lieb.«

Und dann musz sie ihn küssen, ob sie nicht
will noch mag,
»das leben hat's versäumet, der tod, er holt
es nach.«
er sprach mit irrem blicke, er brach zusam-
men dann,
und manche heisze träne von seiner wange
rann.
frau Hadwig blickte schweigend, dann zuckt's
wie mitleid hin,
sie beugt sich zu ihm nieder und spricht
mit mildem sinn:
»sprecht nicht vom tod, wir leben, wir
leben ihr und ich,«

leicht legten ihre hände auf seine stirne
sich.

»»Ja ihr habt recht: wir leben, wir leben
ihr und ich!««
da alles in dem kreise ihm tanzend dunkel
glich;
er öffnet seine arme um's stolze frauen-
bild,
es flammt auf ihren lippen sein kusz so
heisz und wild.
er hebt sie hoch zum bilde, indem er finster
spricht:
» was stehst du stumm und blickest, was seg-
nest du uns nicht?« —
da öffnet sich die türe, — da drang ein
greller schein —
in das erhellte dunkel trat leis ein mönch
herein.

Mit ihm noch kamen viele: der fürstin war
so weh,
sie war zusammgeschrocken als wie ein
wundes reh.
der fremde mönch sprach höflich mit grin-
send bösem blick:
»ich habe nichts erschauet,« und zog sich
leis zurück.
erbleichend rief frau Hadwig, erzitternd
blieb sie stehn:
»»der priester ist im wahnsinn, ihr habt's,
ihr habt's gesehn.««
Ekkhard stund stumm erstarret: hohn, sehnsucht, trennung, wut,
es stürmte auf ihn nieder, es wogte wild
sein blut.

Was er sich kaum bekannte, was über-
mannet ihn,

das sieht er aus dem himmel itzt in dem
schlamme ziehn.
er höret böse worte, verspottet ward sein
herz —
er risz die ew'ge lampe und schleuderte das
erz.
das licht war drin erloschen, der spötter
lag im blut,
mit Ekkhard ging's zu ende, dahin war
kraft und mut.
sie haben ihn gebunden, verwirret hing sein
har;
da stund der schöne priester, ein flügel-
lahmer aar.

Ekkhard lag in dem kerker, als wie
in wirrem traum,
vier kahle wände schlossen den engen,
düstern raum.
noch zittert er im froste, sein herz war
krank und wund,
wehmütig lächeln spielte, entsagung um den
mund.
doch dann, dann packt's ihn wieder, er ballte
seine faust,

das herz gleichet dem meere, lang nach dem
sturm es braust. —
er dachte an die zukunft, an seines ordens
macht,
ging rasch mit groszen schritten, indem er
bitter lacht.

Da schaut er mit dem geiste, wie sie ihn
schleppen fort,
es sasz auf hohem stuhle der abt als richter
dort.
wo jubel in dem herzen er einst gestanden
ist,
wo er gepredigt hatte als frommer mönch
und christ,
stund er als angeklagter, buszpsalmen
heben an:
man schleppt den kupferkessel, man zündet
feuer dann.

der abt wirft von dem finger den güldnen
ring hinein
und spricht: zeig deine unschuld und tauch
den arm hinein.

Verbrannt' der arm ohn' wunder, dann rings-
um hohn und spott
und — schuldig! tönt es furchtbar und —
staupenschläge — Gott!
sie aber schaut vom söller, schaut einen
fremden mann —
o Herr von erd' und himmel, send' deine
blize dann. —
betäubet ward sein denken, dann leuchtet
hofnungschein,
sah sie im herzogsmantel, hört rufen dann:
halt ein!
die peiniger zerstoben, sie reichet ihm die
hand,

reicht ihm den mund zum kusse, zum ew'gen
        freundschaftsband.

So träumt' er auf dem lager, halb schlafend
        lag er da
von schmerz und tränen trunken — die
        mitternacht war nah.
da öffnet sich die türe, vor ihm ein weib
        erstand,
es legt auf seine stirne sich eine weiche
        hand.
er kennt die schöne Griechin, kennt ihrer
        augen licht,
wol ist es ihre freundin, — doch selber ist
        sie's nicht.
»entfliehet,« sprach sie leise, »kommt mit,
        ich führe euch,
man drohet euch das schlimmste — drum
        lebe und entfleuch.«

Er schüttelte die locken; »»ich dulde,
bleibe hier —
und wie ich immer leide, so bin ich doch
bei ihr.««
»es wär' ein schönes schauspiel,« die Griechin
weiter spricht,
»ein braver mann gerichtet, man sieht es
täglich nicht.
entflieht, die tür ist offen, nicht augenblicke
weilt,
eh mönch'scher hasz euch findet, euch ihre
macht ereilt.«
noch steht er unentschlossen: »»ach wohin
soll ich gehn?«« —
doch von ihr fortgezogen tät er die sterne
sehn.

Da stund er — und der himmel hing über
ihm so klar,

da fühlt' er freie lüfte, war alles wie es war.
und doch ist alles anders, wie war er so allein —
denn unterm weiten himmel war nichts und nichts mehr sein.
ihn faszt die hand der freundin: »gesegnet sei dein gang.« —
den ausgestürmten busen durchzittert milder dank;
die hand zum munde pressend, perlen die tränen sacht.
ein schmerzensblick — verschwunden ist sie in dunkler nacht.

Auf hoher alpenhöhe, in. frischem
bergesduft,
da ist ein mönch gestanden, in freier abend-
luft.
er schaut den mächt'gen Säntis, schaut seiner
kuppe schnee,
der abendröte abglanz schwand mälig wie
sein weh.
in duft'ger nebelbläue ruhte der bodensee,
am weiten himmelsgrunde des fernen Twieles
höh'.

es flogen die gedanken hin in den fernen
gau,
ihm war als säsz' er immer noch bei der
hohen frau.

Noch war er nicht geläutert recht für die
einsamkeit,
doch mälig sich im dufte verklärete das
leid.
die letzten schweren wochen, so still ver-
lebet hier,
erschienen ihm fast·jahre — da ferne er von
ihr. —
krank lag er auf dem lager, vom leben
stumpf und matt.
den tod, der sich ihm nahte, er froh be-
grüszet hat.
doch aus dem dunklen leide stieg heller er
empor.

sein frischer geist zerteilte den düstern
 nebelflor.

Sein denken wurde freier, die liebe sanft
 und rein,
sie war ein milder segen, ein abendsonnen-
 schein.
wol war erschüttrung nötig für körper und
 für geist,
bis er sich aufgeraffet, Gott freudig ehrt
 und preist.
doch war es dann gekommen, das alte
 gleichgewicht,
er dachte aller schmerzen, doch schmerzvoll
 war er nicht;
und aus den dunklen nächten, die bange er
 durchwacht,
da ist er neu gesundet und fröhlich auf-
 gewacht,

Hier in der stillen klause, so ferne von der welt,
die von dem bruder Gottschalk einst ruhig fromm bestellt;
und da er heimgegangen, und nun die klause leer,
so zog in diese Ekkhard, das herze bang und schwer.
doch ward es täglich leichter; da wo er pred'gen stund,
da kamen bald die senner rings aus der weiten rund.
wie er auf hoher alpe begeistert redend steht,
da ist er anzuschauen wie einstens der profet.

Doch dann, wenn er alleine, dacht' er der jugendzeit,

des reinen paradieses dem er so endlos
weit.
und dacht der klosterschule, die war zu
Lorsch am Rhein,
hört Konrad von Alzeye, des freundschaft
einstens sein.
»Das lied der Nibelungen mir durch das
herze zieht,
und auch für dich noch wüszt' ich: sing du
Waltari's lied.«
itzt erst hat er begriffen der worte tiefen
sinn —
die harfe aus der klause ertönte ferne
hin.

Ein samenkorn lang' liegen im menschen-
herzen kann,
geht doch wie waizenkörner aus mumien-
särgen an.

Konrad hat einst gesprochen : » bricht deine
welt entzwei,
so bau' in deinem innern dir selber eine
neu.
im freien liede möge das herz dir dann
erstehn,
such' dort die freuden wieder, die stürme dir
verwehn. «
» » du groszer mut'ger Konrad, du sollst
voran mir gehn,
Walter von Aquitanien mag aus dem grab
erstehn. « «

Er schrieb — er ward ein schöpfer, die
sehnsucht war gestillt,
und die gestalten stiegen vom grabe käm-
pfend wild.
er schrieb es, und gar fröhlich ward er vom
dichterhauch.

sah nun mit andern augen den see, den
berg. den strauch;
sah leben in dem steine, auf jedem blatte
stund
wol poesie, doch ehmals ward sie ihm
nimmer kund.
er fühlte tief es innen und schrieb mit geist
und herz,
und die gedanken stiegen vom boden him-
melwärts.

»Das war der könig Etzel im fröhlichen
Hunnenreich,
der liesz das heerhorn blasen: »ihr mannen.
rüstet euch.
wol auf zu rosz, zu felde, nach Franken
geht der zug,
wir machen zu Worms am Rheine unein-
geladen besuch.«

Der frankenkönig Gibich sasz dort auf hohem tron,
sein herze tät sich freuen, ihm war geboren ein sohn;
da kam unfrohe kunde gerauscht an Gibichs ohr:
es wälzt ein schwarm von feinden sich von der Donau vor,
es steht auf fränk'scher erde der Hunnen reisig heer,
zahllos wie stern' am himmel, zahllos wie sand am meer.

Da blaszten Gibichs wangen. die seinen rief er bei
und pflog mit ihnen ratos, was zu beginnen, sei.
da stimmten all die mannen: ein bündnis nur uns frommt,

wir müszen handschlag zollen dem Hunnen.
wenn er kommt,
wir müszen geiseln stellen und zahlen den
königszins.
des freuen wir noch immer uns gröszeren
gewinns,
als dasz, ungleiche kämpfer, wir land zu-
gleich und leben
und weib und kind und alles dem feind zu
handen geben.

Des königs söhnlein Gunther war noch zu
schwach und klein,
es war ihm erst geboren, das mocht' nicht
geisel sein.
doch war des königs vetter, herr Hagen
hochgemut,
vom Trojer heldenstamme ein adlich junges
blut.

sie richteten viel schätze und faszen drauf
den schlusz,
dasz der als pfand des friedens zu Etzel
ziehen musz.

Zur zeit als dies geschehen, da trug mit
fester hand
den scepter könig Herrich in der Burgunden
land.
ihm wuchs die einz'ge tochter, benamst jung
Hildegund,
die war der mägdlein schönstes im weiten
reich Burgund.
die sollt' als erbin einstens dem volk zu nutz
und segen,
so Gott es fügen wollte, der alten herrschaft
pflegen.

Derweil nun mit den Franken der friede
gefestigt war,
so rückt auf Herrich's grenzmark der Hunnen kampfliche schar.
voraus mit flinkem zügel lenkt könig Etzel
sein rosz,
ihm folgt in gleichem schritte der heeres-
fürsten trosz.

Von rosseshuf zerstampfet die erde gab
seufzend schall,
die zage luft durchtönte schildklirren und
wiederhall:
im blachfeld funkelte ein eherner lanzen-
wald,
wie wenn die frührotsonne auf tauige wiesen
stralt,
und so ein berg sich türmte, er wurde über-
klommen.

die Saône und die Rhone sie wurden durch-
geschwommen.
in Chalons sasz fürst Herrich, da rief der
wächter vom turm:
»ich seh von staub eine wolke, die wolke
kündet sturm;
feind ist in's land gebrochen, ihr leute, seht
euch vor,
und wem ein haus zu eigen, der schliesze
tür und tor.

Der Franken unterwerfung, dem fürsten war
sie kund;
er rief die lehenträger und sprach mit
weisem mund:
»die Franken, niemand zweifelt's, sind tapfre
kriegesleut,
doch mochte keiner dort dem Hunnen stehn
zum streit,

und wenn die also taten, da werden wir allein
dem tode uns zu opfern auch nicht die narren sein.
ich hab ein einzig kind nur, doch für das vaterland
geb' ich es hin, es werde des friedens unterpfand.«

Da gingen die gesandten, barhäuptig, ohne schwert,
den Hunnen zu entbieten, was Herrich sie gelehrt.
höflich empfing sie Etzel, es war das so sein brauch,
sprach: »mehr als krieg taugt bündnis, das sag ich selber auch.
auch ich bin mann des friedens, nur wer sich meiner macht

töricht entgegensetzt, dem wird der garaus
gemacht.
drum eures königs bitte gewähret Etzel
gern.«
da gingen die gesandten es kündend ihrem
herrn.
dem tor entschritt fürst Herrich, viel köst-
·liches gestein
bracht er den Hunnen dar, dazu die tochter
sein.
der friede ward beschworen, — fahr wol
schön Hildegund.
so zog in die verbannung die perle von
Burgund.

Wie dort vertrag und bündnis geordnet war
zum besten,
entführte könig Etzel sein reisig volk gen
westen.

im lande Aquitanien herrscht Alpher, der
strenge mann,
dem wuchs ein sohn Waltari im jugend-
schmuck heran.
Herrich und Alpher hatten sich manch einen
boten geschickt
und sich mit feierlichem eidschwur einand
verstrickt:
»sobald die zeit des freiens dereinst sich
stellet ein.
so sollen unsre kinder ein fröhlich brautpar
sein.«

Betrübt sasz könig Alpher durch all die
Hunnen not:
»o weh mir, dasz ich alter nicht finde
schwertes tod!
ein schlechtes beispiel gaben Burgund und
Frankenland,

itzt musz ich gleiches thuen, und ist doch
eine schand.
ich musz gesandte schicken und friede
heischen und bund,
und musz den eignen sprossen als geisel
stellen zur stund.

So sprach der strenge Alpher und also
ward's getan.
mit gold belastet traten die Hunnen den
rückzug an,
sie führten Waltari und Hildgund und Hagen
in sichrer hut,
und grüszten wildfroh jauchzend die heim'-
sche Donauflut.

Nachdem nun könig Etzel der heimat sich
erfreut,

pflegt' er die fremden kinder mit groszer
  biederkeit,
wie seine eignen erben liesz er sie auf-
  erziehn.
die jungfrau anempfahl er der königin
  Ospirin,
die jungen recken aber behielt er scharf im
  auge,
dasz jeder zu des krieges und friedens
  künsten tauge.
die wuchsen auch an jahren und geiste wol
  heran,
ihr arm bezwang den stärksten, ihr witz den
  klügsten mann.
derwegen liebt der könig die beiden knaben
  sehr,
und schuf sie zu den ersten in seiner Hunnen
  heer.
es ward mit Gottes beistand auch die ge-
  fangne meid

der trutz'gen Hunnen fürstin eine wahre
augenweid'
an tugend und an züchten: so ward Hildgund zuletzt
als schaffnerin dem schatze der hofburg
vorgesetzt,
und wenig fehlte nur, so war sie in dem
reich
die höchste — was sie wünschte, erfüllt
ward's alsogleich.«

Dies Ekkehard geschrieben und schrieb so
manches noch :
wie Hagen ist geflohen von könig Etzel doch,
und wie der könig Etzel Waltari so geliebt,
wie dieser doch nach jahren ihn auch durch
flucht betrübt ;
wie Hildgund ihn begleitet, wie sich geliebt
die beid',

wie, als die heimat nahe, sie glücklich und
erfreut.
doch weil den schatz der Hunnen er mit
sich führen tät .
so überfiel ihn Gunther mit scharfem blanken
schwert,
und Hagen war bei diesem, da war sogleich
der streit
in bitt'rem harten kampfe itzt ungesäumt
erneut.
dreifache not des todes auf jeder stirne
stand
die wut, die last des kampfes und glüh'n-
der sonnenbrand.

Waltari war verwundet und büszt' die rechte
hand,
doch war er selbst beim feinde als mut'ger
recke bekannt.

Hagen und könig Gunther sie litten noch
viel mehr
an wunden, die Waltari geschlagen ihnen
schwer.
doch war der kampf geschlichtet, wol durfte
er nun ruhn,
und alte freundschaft mahnte die waffen
abzutun.

»So ward der alte treubund erneut mit
glimpf und scherz,
dann trugen sie den könig, dem schuf die
wunde schmerz,
und hoben sänftig ihn aufs rosz und ritten
aus,
nach Worms die Franken zogen, Waltari ritt
nach haus.
dort ward mit hohen ehren begrüszt der
junge held,

und bald ward auch Hildgunde dem treuen
anvermählt.
nach seines vaters tod tät er der herrschaft
pflegen,
und führte dreiszig jahr sein volk mit glück
und segen,
noch in manch schwerem kampf gewann er
sieg und ruhm.
doch stumpf ist meine feder und billig
schweig' ich drum.

Hochweiser leser du, schenk meinem werke
gnade.
wol gleicht mein rauher reim dem sang
nur der cicade,
doch für das höchste ist mein junger sinn
erglüt.
gelobt sei Jesus. Christ! — so schlieszt
Waltaris lied. «

»Fahr' wol, du hoher Säntis, der treu um mich gewacht,
fahr' wol, du grüne alpe, die mich gesund gemacht.
hab' dank für deine spenden, du heil'ge einsamkeit,
vorbei der alte kummer, — vorbei das alte leid.
geläutert ward das herze, und blumen wuchsen drin:

zu neuem kampf gelustig steht nach der
welt mein sinn.
der jüngling lag in träumen, dann kam die
dunkle nacht;
in scharfer luft der berge ist jetzt der mann
erwacht.

Und Ekkhard sang's und wandert vom berg
in's tal herab,
wie eis und schnee gekommen, nahm nichts
als einen stab.
die harfe ist verklungen, des mönches lied
ist aus,
er hing die stumme harfe an seine stille
klaus.
vom wind durchzogen bebte weit hin ihr
äolsklang
und die ihn hörten, lauschten erstaunet dem
gesang.

er aber ist gewandert weit in ein fernes
land,
und aus dem alten menschen ein neuer auf-
erstand.

Frau Hadwig ging im garten mit schwerem
herz und sinn,
die blicke unstät schweiften oft zu den
bergen hin.
da schwirrts ob ihrem haupte vorbei in
windeseil,
fiel hin zu ihren füssen, vom bogen war's
ein pfeil.
sie nimmt ihn — und umwunden ist er mit
pergament,
und wie sie's zitternd öffnet, sie leise: —
Ekkhard nennt,

doch was dabei ihr innres, laut pochend,
neu durchglüht,
sie hat gesucht zu stillen es mit Waltari's
lied.

ie liebe schuf den mönch zum dichter,
sein freier sang die welt durchzieht.
ob auch jahrhunderte geflohen,
doch aber blieb Waltari's lied.

22 AP 68